19 Février 1906

marqui 99P

VENTE
Du Lundi 19 Février 1906
HOTEL DROUOT, SALLE N° 11
A DEUX HEURES

EXPOSITION PUBLIQUE
Le DIMANCHE 18 Février 1906, de 1 h. 1/2 à 5 h. 1/2

MEUBLES ET OBJETS D'ART
ANCIENS
Faïences et Porcelaines
TAPISSERIES ANCIENNES
TABLEAUX — DESSINS
OBJETS DIVERS

COMMISSAIRE-PRISEUR
Me MAURICE DELESTRE
5, rue Saint-Georges

EXPERTS
MM. PAULME & B. LASQUIN FILS
10, rue Chauchat | 12, rue Laffitte

CATALOGUE

DES

MEUBLES ET OBJETS D'ART ANCIENS

FAIENCES ET PORCELAINES

DE

MONTÉLUPO, URBINO, MILAN, CASTELLI, STRASBOURG, ROUEN, MARSEILLE, NEVERS, DELFT, SAXE, VIENNE, BERLIN, ZURICH, SÈVRES, CHINE, JAPON, COMPAGNIE DES INDES.

Suite de Cinq Tapisseries de Paris, XVIIe Siècle

Trumeaux avec peintures

BONBONNIÈRES, MINIATURES

TABLEAUX, DESSINS et LITHOGRAPHIES

Par, d'après ou attribués à :

BASSAN, BOUCHER, VAN BERG, BREYDEL, DAWIES, DECAMPS, DELACROIX, DE TROY, DUPLESSIS, FRANÇAIS, FRANCK, FROMENTIN, GRIMOUX, GUIGNET, EUG. ISABEY, MOUILLERON, PORBUS, PRUD'HON, ROEN, J. ROMAIN, TROST, TROYON, ETC.

DES ÉCOLES FRANÇAISE, ESPAGNOLE, HOLLANDAISE.

OBJETS DIVERS

Dont la Vente aura lieu

HOTEL DROUOT, SALLE N° 11

LE LUNDI 19 FÉVRIER 1906

A DEUX HEURES

COMMISSAIRE-PRISEUR	EXPERTS
Me MAURICE DELESTRE	MM. PAULME & B. LASQUIN FILS
5, rue Saint-Georges	10, rue Chauchat | 12, rue Laffitte

PARIS

Chez lesquels se distribue le présent Catalogue

EXPOSITION PUBLIQUE

Le Dimanche 18 Février 1906, Salle n° 11, de 1 heure 1/2 à 5 h. 1/2

CONDITIONS DE LA VENTE

Elle sera faite au comptant.

Les adjudicataires paieront *dix pour cent* en sus des enchères.

L'exposition mettant le public à même de se rendre compte de l'état et de la nature des objets, il ne sera admis aucune réclamation, une fois l'adjudication prononcée.

Paris. — Imp. de l'Art, E. Moreau et Cie, 41, rue de la Victoire.

DÉSIGNATION

TABLEAUX

BASSAN (Attribué à)

1 — *Les Quatre Saisons.*

Quatre peintures sur cuivre.

BERG (Van)

2 — *Berger et troupeau dans un paysage.*

Panneau.

BOUCHER (D'après)

3 — *Léda dans un paysage.*

Toile.

BREYDEL (Chevalier Van)

4 — *Campement militaire.*

Panneau.

CHARPENTIER (Attribué à)

5 — *Tête d'Enfant, coiffé d'un chapeau de feutre.*

Toile.

DAWIES (G.)

6 — *La Femme adultère.*

Toile.

DECAMPS (D'après)

7 — *Enfants jouant avec un bateau et un chien.*

Lithographie.

DELACROIX

8 — *Tigre marchant.*

Dessin aquarellé.

DE TROY

9 — *Tête de Moïse.*

Toile.

Signée et datée : 1732.

DUPLESSIS

(DEUX PENDANTS)

10 — *Halte de cavaliers.*

Toile.

FALENS (D'après)

11 — *Rendez-vous de chasse.*

Toile.

FRAGONARD (D'après)

12 — *Le Baiser.*

Toile ovale.

FRANÇAIS

13 — *Vue du Parc de Saint-Cloud.*

Dessin au crayon.

FRANCK (Ecole des)

14 — *Le Repas du mauvais riche.*

Panneau.

FROMENTIN

15 — *Étude d'Arabe.*

Dessin.

GIGOUX (D'après)

16 — *La Mort de Léonard de Vinci.*

Lithographie de *Mouilleron.*

GRIMOUX

17 — *Portrait du Peintre par lui-même.*

Il s'est représenté de face, vêtu d'un habit rouge et d'un gilet brodé, déboutonné, qui laisse échapper un jabot de dentelle. Il est coiffé d'une toque.

Toile.

GUÉRIN (C.)

18 — *Entrevue du tzar Paul Ier et de Charles de Wurtemberg.*

Curieux et intéressant dessin à la plume et lavis. Signé.

GUIGNET

19 — *Paysage avec personnages.*

Toile.

GUIGNET

20 — *Paysage.*

Toile.

GUIGNET

21 — *Cavalier arabe, dans un paysage.*

Dessin au fusain.

GUIGNET

22 — *Paysage.*

Dessin au fusain.

GUIGNET

23 — *Effet de lune.*

Lithographie.

GUIGNET

24 — *Tireurs à l'arc, dans une caverne.*

Lithographie.

GUIGNET

25 — *La Caverne.*

Lithographie.

ISABEY (Eugène)

26 — *Débarquement de Pêcheurs.*

Au premier plan, à droite, une vieille maison sur pilotis, avec barques et personnages y abordant.

Panneau.

Signé du monogramme en bas, à gauche N° 50 de l'Exposition du Centenaire, en 1904, des œuvres d'Isabey et de Raffet.

Haut., 225 millim.; larg., 18 cent.

ISABEY

27 — *Maison de pêcheurs.*

Dessin.

MOUILLERON

28 — *Paysage maritime.*

Panneau.

MOUILLERON

29 — *Clair de lune.*

Dessin au fusain.

PALAMÈDE (Attribué à)

30 — *La Défense d'un pont.*

Panneau.

PORBUS (École de)

31 — *La Promenade de la Ligue à Paris.*

Panneau.

PRUD'HON (École de)

32 — *La Danse.*

Dessus de porte.
Toile.

PRUD'HON (Attribué à)

33 — *Portrait de Chateaubriand.*

Vu presque de face, il est vêtu d'un habit à col de fourrure. Son gilet entr'ouvert laisse voir sa chemise à haut col, entouré d'une cravate blanche.

Toile.

PRUD'HON (D'après)

34 — *Femme au pigeon.*

Lithographie par *C. Motte.*

ROBERT (Genre de HUBERT)

35 — *Intérieur de grange ; le Retour des champs.*

Panneau.

RŒN

36 — *Portrait de sa femme.*

Toile de forme ovale.

ROMAIN (JULES)

37 — *Le Festin des Dieux.*

Scène animée de nombreux personnages.

Toile.

TENIERS, le Vieux (Attribué à)

38 — *Paysage avec troupeau et habitations.*
Panneau.

TROST

39 — *Portrait de Hubert-Grégoire Van Vryhoff.*
Toile.

ÉCOLE MODERNE

40 — *Chien assis.*
Toile.

WOUWERMAN (D'après)

41 — *Le Retour du marché.*
Panneau.

WYNANTS (Attribué à)

42 — *Paysage animé de personnages.*
Panneau.

ÉCOLE FRANÇAISE (XVIIe siècle)

43 — *Deux petits portraits de Femmes.*
Toiles ovales.

ÉCOLE FRANÇAISE (xviie siècle)

44 — *Portraits d'Homme et de Femme.*

Pastels.

ÉCOLE FRANÇAISE (xviiie siècle)

45 — *Portrait d'Homme.*

Assis dans un fauteuil, il est vêtu d'un habit rouge, et tient une lettre dans la main gauche.

Toile.

ÉCOLE FRANÇAISE (xviiie siècle)

46 — *Amours jardiniers.*

Dessus de porte.

ÉCOLE FRANÇAISE (xviiie siècle)

47 — *Amours forgerons.*

Trumeau avec glace.

ÉCOLE FRANÇAISE (xviiie siècle)

48 — *Enfants jouant avec des oiseaux.*

Dessus de porte.

Toile.

ÉCOLE ESPAGNOLE

49 — *Procession dans une église.*

Panneau.
Cadre en bois sculpté. Époque Louis XIII.

ÉCOLE HOLLANDAISE

50 — *Vase de fleurs.*

Panneau.

ÉCOLE MODERNE

51 — *Fleurs.*

Panneau.

52 — Trumeau en bois sculpté, avec peinture dans la partie supérieure.

ÉCOLE MODERNE

53 — *Paysage. Personnages en forêt.*

Toile.

FAIENCES ET PORCELAINES

54 — Vase de pharmacie couvert, en ancienne faïence italienne, décorée d'arabesques et d'un médaillon buste d'homme. (Fêlé et égrenures.)

55 — Coupe sur pied, décorée sur la bordure de ramages en relief, et d'une figure de sainte Vierge au centre, en ancienne faïence de Montelupo. (Fêlure.)

56 — Coupe en ancienne faïence d'Urbino, de forme quadrilobée, sur piédouche, décorée de cinq médaillons à figures de personnages. (Manques et restaurations.)

57 — Statuette : *le Tireur d'épine*, assis sur une terrasse rocaille, le pied droit reposant sur une tête de reptile, en ancienne faïence de Milan.

58 — Petit plat creux en ancienne faïence italienne, représentant un sujet biblique.

59 — Petite coupe sur pied, à bordure festonnée, décorée au centre d'un château dans un médaillon, entouré de rinceaux et oiseaux. (Restaurations.)

60 — Deux petits plateaux présentoirs en ancienne faïence de Castelli. Sujet : Vénus et l'Amour.

61 — Deux corbeilles, à deux anses, ajourées, simulant la vannerie en ancienne faïence de Strasbourg, décor à filets roses, et fleurs dans le fond.

62 — Petite soupière avec son couvercle en ancienne faïence de Strasbourg, décor de bouquets de fleurs.

63 — Bassine de malade en faïence de Rouen. (Egrenures.)

64 — Perdrix en ancienne faïence de Marseille, décorée au naturel. (Restauration.)

65 — Petite coupe en ancienne faïence de Nevers, à décor de médaillon de musiciens au centre et d'arabesques au marli. (Egrenures.)

66 — Vase côtelé en ancienne porcelaine de Delft, à décor bleu sur fond blanc, lambrequins, fleurs et arabesques.

67 — Groupe de quatre figures d'enfants, représentant les Quatre Saisons, sur terrasse rocaille, en ancienne porcelaine de Saxe. (Restauration et manques.)

68 — Vide-poche, formé d'une coupe simulant la vannerie, accotée d'une statuette de négrillon, sur terrasse à semis de fleurs en relief, en ancienne porcelaine de Saxe, décor au naturel. (Légers manques.)

69 — Statuette de Méphisto en ancienne porcelaine de Saxe. (Légers manques.)

70 — Petite pyramide reposant sur quatre boules dorées, sur socle carré y attenant, décoré de fleurs et dorure, en ancienne porcelaine de Saxe.

71 — Deux statuettes, figurant Cérès et Pomone, en ancienne porcelaine de Saxe. (Restaurations.)

72 — Petit flambeau en porcelaine de Saxe, formé d'une statuette d'enfant tenant un oiseau, sous un arceau de feuillages et fleurs, sur terrasse rocaille. (Manques et restaurations.)

73 — Quatre couteaux; manches en ancienne porcelaine de Saxe.

74 — Tasse de forme lobée et soucoupe de forme carrée à coins arrondis, en porcelaine de Saxe, à décor chinois.

75 — Tasse de forme exagonale, à deux anses, et soucoupe en porcelaine de Meissen, à décor chinois.

76 — Perdrix en ancienne porcelaine de Saxe, décorée au naturel.

77 — Cafetière en porcelaine de Saxe-Marcolini, la base à godrons; décor de bouquets de fleurs. (Fractures.)

78 — Statuette de Joueuse de guitare en porcelaine de Vienne. (Accidents.)

79 — Deux petites statuettes d'enfants en porcelaine de Berlin.

80 — Corbeille à anse en porcelaine allemande, simulant la vannerie, décorée de bouquets de fleurs et or. (Fêlée et fractures.)

81 — Coupe, de forme lobée, en ancienne porcelaine de Zurich, décorée d'un bouquet de fleurs au centre.

82 — Tasse droite et sa soucoupe en ancienne porcelaine pâte tendre de Sèvres, à fond vert, décorée de guirlandes et rinceaux en or, et de médaillons en réserves à sujets pastoraux. *Peint par Gérard.* (Forte fêlure.)

83 — Bouillon avec son couvercle et son plateau en ancienne porcelaine pâte dure de Sèvres, décor de bouquets de fleurs.

84 — Trois pots à crème en ancienne porcelaine de Paris, décor Barbeau.

85 — Soucoupe en porcelaine de Saxe et un pot à crème en faïence anglaise.

86 — Deux petites tasses couvertes, de forme triangulaire, en porcelaine de Loodstrecht. (Egrenure.)

86 *bis* — Vase, de forme balustre, en ancienne porcelaine de Chine, décor en émaux de couleurs, famille verte. (Restauration au col.)

87 — Pot à eau et sa cuvette en ancienne porcelaine de l'Inde, décor de bouquets de fleurs et médaillon. (Fêlure à la cuvette.)

88 — Coupe avec son couvercle, formé d'un oiseau décoré au naturel, en ancienne porcelaine de l'Inde.

89 — Bourdaloue en ancienne porcelaine de la Compagnie des Indes, décoré de sujets familiers dans des paysages.

90 — Sucrier couvert, à deux anses, en ancienne porcelaine de l'Inde, décor de fleurs et ramages.

91 — Théière droite en ancienne porcelaine de l'Inde, décor de paniers fleuris, de semis et guirlandes et lambrequins, fond rose.

92 — Seize plats, assiettes ou coupes en anciennes porcelaines de la Chine, de l'Inde et du Japon. (Fêlures.) (Ce lot sera divisé.)

93 — Vase en porcelaine de Chine, décor en émaux de couleur. (Fêlures.)

MEUBLES ET SIÈGES

94 — Chaire en bois sculpté, formant coffre à bois. XVIe siècle.

95 — Commode en marqueterie de bois de rose violette et palissandre, de forme ventrue, ouvrant à trois tiroirs. Elle est ornée de bronzes ciselés et dorés, tels que chutes, sabots, poignées, entrées de serrures, cul-de-lampe. Dessus de marbre. Epoque Louis XV. Elle porte la signature du maitre ébéniste *Macret*.

96 — Petite armoire à hauteur d'appui en marqueterie de bois de rose, ouvrant à une porte. Elle est ornée sur la porte et les côtés de panneaux en laque du Coromandel, représentant des sujets à personnages dans des intérieurs. Ces panneaux sont encadrés par des baguettes à un rang de perles en bronze doré. Epoque fin Louis XV. Dessus de marbre. (Restauré.)

97 — Armoire Louis XVI en bois sculpté.

98 — Petite console, forme demi-lune, à deux pieds en bois sculpté et doré, époque Louis XVI, avec dessus formé d'une plaque, en trois parties, en ancienne porcelaine de Saxe, décorée de bouquets de fleurs ; elle est bordée d'un tore de feuilles de chêne, décorées au naturel, avec enroulement de ruban rose. (Restaurée.)

99 — Bureau à cylindre Louis XVI en marqueterie de bois de couleur à losanges, médaillon à attributs de musique sur le cylindre. Dessus de marbre blanc et galerie de cuivre.

100 — Commode en bois de placage, ouvrant à deux tiroirs. Epoque Louis XVI. (Restaurations.)

101 — Bibliothèque à hauteur d'appui en acajou, ouvrant à deux portes vitrées. Epoque Empire.

102 — Fragment de tabernacle en bois sculpté et doré. XVIIe siècle. Italien.

103 — Table de nuit à trois tiroirs en bois noir et marqueterie de cuivre. Dessus de marbre blanc.

TAPISSERIES

104 — Suite de cinq panneaux en tapisserie de Paris, milieu du XVIIe siècle, à grands personnages, représentant des sujets mythologiques. Bordures à guirlandes de fleurs, rinceaux et réserves de paysages dans des cartouches. Bouquets de fleurs aux angles.

Dimensions environ :

Haut., 3 mètres; larg., 3 m. 80 cent.
Haut., 3 mètres; larg., 4 m. 50 cent.
(Bordure haut et bas). Haut., 3 mètres; larg., 1 m. 60 cent
Haut., 3 mètres; larg., 2 m. 80 cent.
Haut., 3 mètres; larg., 2 m. 80 cent.

OBJETS DIVERS

105 — Coffret-écritoire en bois, avec incrustations de nacre et d'étain ; le couvercle est décoré, au centre, d'une vasque accotée de figures d'amours ; de mascaron, guirlandes de fleurs et d'un médaillon, avec initiales surmontées d'une couronne, entourés de rinceaux feuillagés. Il ouvre à un petit tiroir dans la ceinture sur le côté. Epoque Louis XIII.

105 *bis* — Glace dans un cadre en bois noir, avec incrustations d'ivoire. Époque Louis XIII.

106 — Glace, avec cadre en bois sculpté et doré, à fronton. Epoque Louis XIV.

107 — Eventail d'Epoque Louis XV, feuille peinte à la gouache : Moïse sauvé des eaux. Monture en ivoire sculpté.

108 — Cartel d'applique en bronze ciselé et doré, époque Louis XVI, à motif de vase, à anses têtes de béliers ; guirlandes de lauriers, consoles et cul-de-lampe.

109 — Bonbonnière ronde en écaille blonde, avec miniature sur le couvercle, représentant une fillette en robe blanche décolletée, à col festonné, une ceinture de roses à la taille, un ruban vert dans les cheveux. Signée : *Bornet*. Epoque Louis XVI.

110 — Bonbonnière ronde, peinte au vernis, à rayures rose et or; sur le couvercle, une miniature : portrait d'homme souriant, à perruque poudrée, habit violet et jabot de dentelle, fond de draperie; intérieur marqueterie de paille. Epoque Louis XVI.

111 — Bel éventail, feuilles en soie brodée et pailletée, décor de sujets galants à la gouache dans des réserves; monture en ivoire avec incrustations d'or. (Légères restaurations dans la monture.)

112 — Une bonbonnière et deux petits vases en émail cloisonné de Chine.

113 — Paire de vases en bronze chinois, à col évasé.

114 — Deux brûle-parfums et deux presse-papiers. en bronze chinois.

115 — Grenouille en bronze.

116 — Quatre petits ivoires Japonais.

117 — Un plateau en laque rouge de Chine.

118 — Divinité hindoue en pierre tendre.

119 — Quatre statuettes ou netské en porcelaine, grès et terre cuite de Chine.

120 — Deux plateaux et une bonbonnière en émail, et une plaquette en porcelaine de Chantilly, décor à fleurs.

121 — Gladiateur combattant, statuette en bronze.

122 — Encrier en bronze, formé d'une statuette de femme porte-lumière, de *Korschann*.

123 — Ardoise de forme ovale, décorée de paysage maritime.

124 — Bol en ancien émail de Chine.

www.ingramcontent.com/pod-product-compliance
Ingram Content Group UK Ltd.
Pitfield, Milton Keynes, MK11 3LW, UK
UKHW020538180726
13839UKWH00006B/2594

9 782329 389769